Escanea este código Spotify desde tu aplicación móvil o, si lo prefieres, busca la lista directamente por «Las canciones de Bobiblú».

Papel certificado por el Forest Stewardship Council®

Primera edición: octubre de 2020

© 2020, Elsa Punset, por el texto
© 2020, Sr. Sánchez, por las ilustraciones
© 2020, Penguin Random House Grupo Editorial, S.A.U.
Travessera de Gràcia, 47–49. 08021 Barcelona
Diseño y maquetación: Araceli Ramos

Penguin Random House Grupo Editorial apoya la protección del *copyright*.
El *copyright* estimula la creatividad, defiende la diversidad en el ámbito de las ideas y el conocimiento, promueve la libre expresión y favorece una cultura viva. Gracias por comprar una edición autorizada de este libro y por respetar las leyes del *copyright* al no reproducir, escanear ni distribuir ninguna parte de esta obra por ningún medio sin permiso. Al hacerlo está respaldando a los autores y permitiendo que PRHGE continúe publicando libros para todos los lectores.
Diríjase a CEDRO (Centro Español de Derechos Reprográficos, http://www.cedro.org) si necesita fotocopiar o escanear algún fragmento de esta obra.

Printed in Spain - Impreso en España

ISBN: 978-84-488-5578-9
Depósito legal: B-8.153-2020

Impreso en Talleres Gráficos Soler, S.A.
Esplugues de Llobregat (Barcelona)

BE 5 5 7 8 9

Penguin
Random House
Grupo Editorial

¡Eres un campeón! BOBIBLU

Elsa Punset

Ilustraciones de Sr. Sánchez

Beascoa

Esta mañana, Bobi tiene mucho sueño. ¡Le está costando abrir los ojos!

—¡Bobi! —dice mamá cuando entra en la habitación.

Blu salta emocionado a los pies de la cama.

—¡Despierta! ¡Que hoy es la fiesta de fin de curso!

¡Bobi y Blu ya están en marcha!

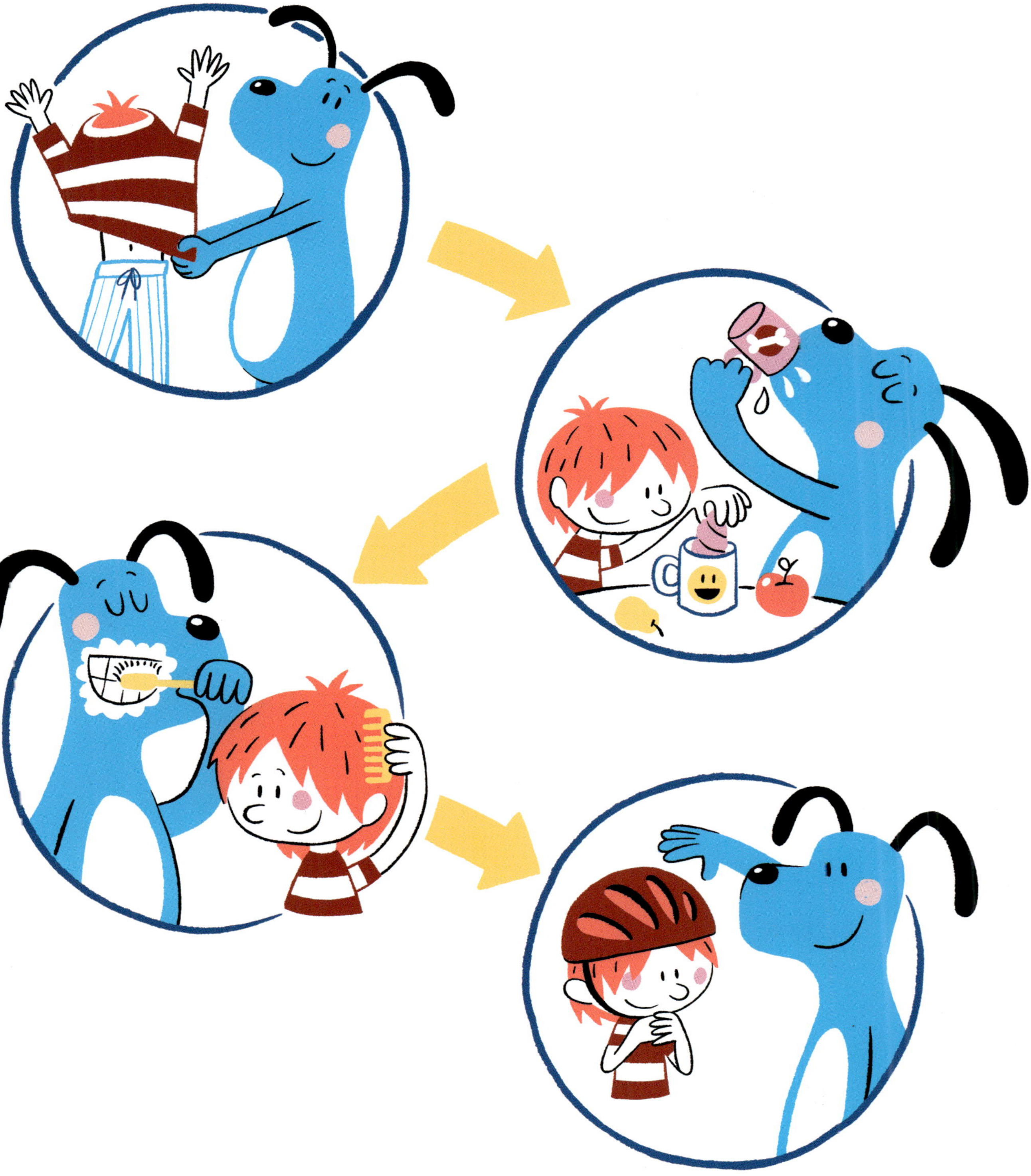

En el cole, todos llevan días preparando la fiesta. Esta tarde, vendrán a verlos todos los papás, mamás, abuelas y abuelos... Los más pequeños cantarán en un coro y... *¡qué emoción!*, Bobi y Blu van a hacer algo especial, ¡algo que llevan muchos días ensayando! Y la maestra les ha dicho que lo hacen muy bien. Se llama...

"¡LA SORPRESA DEL GUSANO!".

El día pasa muy rápido para todos en el colegio. Están muy atareados arreglándolo todo, recogiendo y decorando para que la fiesta de fin de curso sea espectacular.

¡Ya empieza la fiesta! Todos están sentados en su sitio: los niños delante y los mayores detrás. Como dice la maestra, ¡en este panal no cabe ni una abeja más!

Empiezan los niños mayores, y todos aplauden después de cada actuación: hay cantantes, poetas, músicos, bailarines...
¡Cuántos aplausos!

Después cantan los más pequeños ¡en inglés! La cabeza, los hombros, las rodillas y los dedos de los pies ahora son...

Y no son los únicos, hay más grupos y más canciones.

La Gallina Turuleca
ha puesto un huevo, ha puesto dos, ha puesto tres.
La Gallina Turuleca
ha puesto cuatro, ha puesto cinco, ha puesto seis.
La Gallina Turuleca
ha puesto siete, ha puesto ocho, ha puesto nueve.
¿Dónde está esa gallinita?
¡Déjala a la pobrecita, déjala que ponga diez!

¡Qué espectáculo! ¡Todos los padres cantan con ellos y algunos hasta bailan! Se oyen muchos aplausos, y un padre, grande como una torre y con un vozarrón tan grande como él, canta a gritos:

¡BravoOOoooOOoooO, olééé, bravooo!

Y entonces llega el turno de Bobi y Blu. Con lo bien que se lo estaban pasando, ¡casi se les olvida!

De repente, Bobi y Blu se sienten muy raros...
Están solos en medio del escenario... Miran a la sala
¡y ven miles de ojos brillantes y montones de desconocidos!

Hace calor..., mucho calor... El corazón de Bobi late deprisa...
¡y también le duele un poco el estómago!

¡Qué cara de susto se le ha puesto a Blu!

—Había una vez un gusano —dice Blu.

—Entonces el gusano empie... empieza a crecer —continúa Blu, pero ¡lo dice tan bajito que no se oye nada!

—Mááás alto, Blu.... ¡Que no se oye!

Bobi se estira para hacerse todo lo largo y gusano que puede. Se mete dentro del saco y espera a que Blu diga la siguiente frase para convertirse en...

¡Pero Blu no dice nada! Todos los padres empiezan a hablar en voz baja...

Bobi ya no espera más, levanta la cabeza... ¡y ve que está solo en el escenario! Blu ha desaparecido y lo ha dejado allí, abandonado. Siente que se le calienta la cara y se pone rojo rojo.

La maestra encuentra a Blu detrás del telón.

Blu vuelve al escenario para ayudar a su amigo. Va dando saltitos sobre las patas de atrás. Todos se ríen al verlo.

Señoras y señores..., ¡ha llegado el momento de la sorpresa! ¿Qué pasará ahora? Donde antes había un gusano, la naturaleza ha conseguido hacer una mari... una mari...

¡POSA!

Todos ríen y aplauden muy fuerte, y Bobi se olvida de lo enfadado que estaba con Blu hace un momento.

Cuando termina la fiesta, Bobi y Blu se despiden de todos sus amigos y maestros con abrazos y risas. Y, cuando ya están saliendo por la puerta, ¡pasa algo muy chulo! El papá de Jaime, que es muy grande y también muy simpático, les grita a lo lejos:

¡BravoOOoooOOoooO, Bobiblú!

¡Bobiblú, campeón!

NUESTRAS PISTAS PREFERIDAS PARA SER UN CAMPEÓN

A veces nos da mucha vergüenza saludar o hablar con personas que no conocemos, ¿le pasa a todo el mundo?

Sí, ¡sentir timidez es normal! Solo debería preocuparnos cuando es una timidez persistente, en vez de ocasional. Si es así, lo mejor es hablar con la escuela para encontrar formas de echaros una mano.

Cuando juego con mis amigos, ¡hago muchas cosas y todo parece más fácil!

Tienes razón, Bobi, porque relacionarse con otros niños ¡es mucho más que jugar! Es practicar habilidades que serán útiles toda la vida: hacer turnos, conversar, llegar a acuerdos, comprender los sentimientos de los demás o expresarse con asertividad y respeto.

Bobi siempre quiere que aprenda cosas nuevas... y si lo intento muchas veces, ¡casi siempre lo consigo!

Sí, aprender se logra con paciencia, haciendo las cosas por uno mismo, ¡sin prisas! Para que aprender sea más divertido, Blu, te voy a dar un truco: cuando no logres hacer algo, no digas «¡no puedooo!», di más bien «¡todavía no puedo!». Y así ¡seguro que lo celebraréis cuando lo consigas!

¡A veces me peleo con Blu porque queremos los mismos juguetes!

¡Es normal! A los más pequeños les cuesta compartir porque sienten que pierden algo. Cuando crecen, descubren la alegría de hacer regalos y aprenden a compartir. Y mientras lo hacen también adquieren habilidades tan importantes como negociar y gestionar las esperas y las pequeñas decepciones.

TÍTULOS DE LA COLECCIÓN

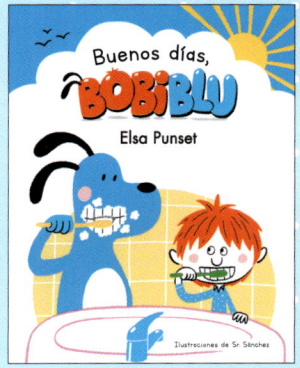  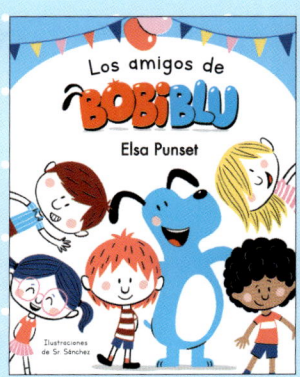 

OTROS LIBROS DE ELSA PUNSET PARA NIÑOS Y NIÑAS DE MÁS DE 4 AÑOS

★ Los Atrevidos dan el gran salto
★ Los Atrevidos en busca del tesoro
★ Los Atrevidos y la aventura en el faro
★ Los Atrevidos y el misterio del dinosaurio
★ Los Atrevidos en el país de los unicornios
★ Los Atrevidos. ¡Fiesta en el mercado!
★ Los Atrevidos. ¡Aventura en Roma!
★ Los Atrevidos y el concurso de las ideas geniales